AF314424

AUX SOLDATS FRANÇAIS.

POÉSIES

SUR LA

GUERRE D'ORIENT

PAR

Philibert Barbe,

Élève du Lycée Impérial de Carcassonne.

Prix 30 centimes,

AU PROFIT DES SOLDATS DE LA CRIMÉE,

POUR JOINDRE AUX DONS EN NATURE.

CARCASSONNE,

IMPRIMERIE DE P. LABAU, GRAND'RUE, 21.

1855.

LA
GUERRE EN ORIENT.

ODES.

ODE PREMIÈRE.

Aux Soldats de l'Armée d'Orient.

Soldats, entendez-vous sur les confins du monde
Ces bruits sourds et lointains ?.. C'est la guerre qui gronde,
Une guerre d'honneur !...
Volez, jeunes Français, sur les champs de victoire,
Allez tous moissonner les palmes de la gloire,
Couronnes du vainqueur.

Avec Napoléon la France vous appelle :
Sur les champs de l'honneur allez vaincre pour elle,
Pour elle allez mourir ;
Levez vos étendards, que l'honneur les conduise,
Prenez pour ralliement cette seule devise :
« Sachons vaincre ou périr ! »

Levez-vous en géants, et tous comme un seul homme,
Défendez le croissant contre celui qu'on nomme
            Le lâche usurpateur,
Ce tyran qui voudrait dicter ses lois au monde,
Qui voudrait dominer sur la terre et sur l'onde
            Par la seule terreur.

Des bords de la Néwa, du haut de sa puissance
Il ose convoiter la superbe Bysance
            Et l'empire Ottoman;
Et ce barbare chef d'une horde effrénée,
Il pense sillonner la Méditerranée,
            Un pied sur le Sultan.

Plein d'un sublime orgueil et d'une noble audace,
Rien ne peut l'arrêter; il vole dans la Thrace,
            Il conquit l'univers,
Et rêvant que pour lui la victoire s'apprête,
En nouvel Alexandre il marche à la conquête
            De l'empire des mers.

Mais, Czar, reviens à toi, l'ambition t'égare...
Regarde, à tes côtés la guerre se prépare;
            Vois ces bouillants français...
Oseras-tu montrer tes cohortes esclaves?
Veux-tu les opposer à nos soldats si braves?...
            Czar, demande la paix!...

Oui, demande la paix si tu tiens à ta vie,
Si tu tiens à garder l'empire de Russie
      Que tu veux agrandir,
Et si tu veux lever l'étendard de la guerre,
Crois-tu que sur ton front la couronne de Pierre,
      Pourra longtemps tenir ?

Non, non, le juste Dieu, le Dieu vengeur des crimes
Déjà depuis longtemps a compté tes victimes,
      Et sa main t'a brisé ;
Il t'a pesé déjà dans sa juste balance,
Et le martyr au ciel a demandé vengeance
      Du sang qu'il a versé.

Tu pouvais, oubliant ton ardeur belliqueuse,
Ouvrir pour la Russie une ère glorieuse
      Sous ton règne immortel ;
Il te fallait le sang de nos héros sublimes,
Et ce sang a coulé du cœur de tes victimes
      Sur le sein maternel.

Mais bientôt nous verrons épars dans la poussière
Les débris de ton trône, et ton sceptre éphémère
      Foulé par les Sultans :
L'arbre que de ses bras le bûcheron secoue,
Sans de trop grands efforts peut tomber dans la boue,
      Quand soufflent les autans.

Pour vous, Français, montrez quelle est notre puissance,
Faites toujours briller les armes de la France
          Dont vous êtes les fils ;
Montrez en Orient le feu qui vous anime,
Et, soldats, déployez le courage sublime
          Des vainqueurs d'Austerlitz ;

Rappelez les hauts faits des héros de l'histoire,
Ces morts si glorieux vivants dans la mémoire
          De la postérité ;
Suivez dans les combats leur héroïque exemple,
Et vous pourrez comme eux arriver jusqu'au temple
          De l'immortalité.

ODE II.

Bombardement d'Odessa.

Zéphirs, ne soufflez plus ; oiseaux, faites silence ;
Nations, apprenez un triomphe récent,
Ecoutez les hauts faits des vengeurs de Bysance,
    Protecteurs du croissant :
Une ville ennemie, une cité barbare,
Assise sur les bords du fleuve Dniester,
Défiait notre flotte, et son aigle tartare
    Dominait sur la mer.

Se croyant à l'abri, ses bataillons esclaves,
Osèrent défier nos vaillants étendards,
Et, leur montrant le knout, insultaient à nos braves
    Du haut de leurs remparts.
On comprit ces défis, on entendit leur rage...
Ces lâches !.. Ils croyaient nous engloutir déjà,
Mais la flotte montra quel était son courage
    En brûlant Odessa.

L'Anglais devient sublime et fait vomir la bombe
Sur ces toits que déjà ne défend plus le port ;
Le Russe ne rit plus... chaque boulet qui tombe
          Chez lui porte la mort ;
Les canons meurtriers, tonnerres des batailles,
Font voler des soldats qu'ils mettent en lambeaux
Et qui tombent bientôt broyés par les murailles
          Qui croulent dans les eaux.

Ils résistaient encor, mais l'ange de la guerre
A paru pour lutter dans ce juste combat,
Et le Russe du Nord broyé par son tonnerre
          S'écriait : « Quel soldat ! »
Son bras sur nos héros étendait son égide
Pour les mettre à couvert des feux de l'ennemi,
D'un ennemi guidé par un despote avide
          Que l'enfer a vomi.

Et dans les airs, au bruit de la foudre qui tonne,
Les Russes ont mêlé le bruit de leur tocsin ;
L'aigle de Nicolas que notre flotte étonne
          Fuit devant Hamelin :
Respectant le malheur, nos soldats magnanimes
Arrêtent aussitôt leur élan valeureux :
Ils sont plus que héros, ils deviennent sublimes
          Et font cesser les feux.

Mais bien loin de venger les martyrs de Sinope,
Nos fils, toujours français, enseignent la douceur
A ces hommes du Nord devant lesquels l'Europe
          A reculé d'horreur.

Après avoir vaincu l'ennemi de Bysance,
Ils vont tendre la main à ces captifs mourants
Qui mordaient la poussière , implorant la clémence
De leurs vainqueurs si grands !

Odessa par sa chûte a fait trembler le monde,
Et le Czar a frémi de ce revers soudain;
Il tremble, car il sait que la mine qui gronde
Peut l'atteindre à la fin ;
Il n'a plus le vertige et son regard cupide
N'ose plus se porter au delà de ces mers
Qu'il voulait sillonner , mais son aigle timide
A fui dans les déserts.

Et maintenant , Français, guidés par la victoire,
Montrez à l'univers votre étendard vainqueur ;
Commencez pour la France un avenir de gloire ,
Une ère de bonheur ;
Et si vous succombez frappés par la mitraille ,
Succombez en héros après un long combat,
Et sachez qu'un Français sur un champ de bataille
Doit mourir en soldat !

ODE III.

—

Triomphe de Bomarsund.

Quel est le transport qui m'anime
Et s'empare aujourd'hui de moi ?
Oh ciel ! quel est ce feu sublime
Qui dans mon cœur dicte sa loi?
En vain je veux briser la chaîne
Dont la force toujours m'entraîne
Dans un immense et noble essor...
Ce sont des traits de vive flamme
Qui viennent enlever mon âme
Sur des ailes d'azur et d'or.

J'allais , ô glorieuse France,
Chanter d'un Prince les bienfaits
Et l'avenir de délivrance
Qui faisait rayonner la paix ,
Quand le géant de la victoire

Est venu graver dans l'histoire
Ces mots partis des bords du Sund :
« Les fils de France et d'Angleterre
» Bravant les efforts de la guerre
» Ont fait succomber Bomarsund. »

Ah ! laissez égarer ma lyre
Sur les hauts faits de ces soldats,
Et dans le transport qui m'inspire
Laissez-moi chanter leurs combats.
Que l'écho de la renommée
A cette jeune et belle armée
Rende des honneurs immortels :
L'Europe entière la contemple...
Peuples ! dans un sublime temple
Vouez-lui de sacrés autels !....

En vain les obus et la bombe
Sans cesse sillonnant les flots
Voulaient donner la mer pour tombe
A ces enfants, à ces héros ;
En vain le vautour aux deux têtes
Planant au milieu des tempêtes
Parmi les cohortes d'Aland,
Se montrait terrible de rage,
Et caché dans un noir nuage
Lançait son tonnerre sanglant.

Les remparts tremblent sur leur base ,
La mer soulève au loin ses eaux ,
Et le fort en croulant écrase
Ses défenseurs et leurs drapeaux ;
A travers la flamme et la foudre
Sur les tours réduites en poudre
Nos soldats se sont élancés ,
Et dans les flots de la Baltique
Par notre phalange héroïque
Les ennemis sont écrasés.

Alors la cruelle Bellone ,
Hurlant de ce honteux revers ,
Brise dans ses mains la couronne
Que le Czar imposait aux mers ;
Elle fuit en sifflant de rage
Vers le despotique rivage
Où règne en maître Nicolas ,
Qui , dans sa maudite furie,
Prépare à sa propre patrie
La mort et le suprême glas.

Peuples , de l'immortelle France
Admirez les brillants hauts faits,
Et que l'ennemi de Bysance
Tremble d'avoir troublé la paix ;
Oui , qu'il tremble ce Czar barbare
Et que dans la nuit du Ténare

Soient plongés ses serfs insolents !
Qu'ils sachent, ces soldats cupides,
Que contre un fils des Pyramides
Il faut plus de cent combattants !

Et maintenant victorieuse
Notre aigle plane sur les mers,
Prête à conduire glorieuse
Ses fils dans de nouveaux déserts...
Suivez-la, héros de l'Afrique,
Et dans un élan héroïque
Volez avec elle au Kremlin ;
Etonnez les peuples du monde,
Montrez que de Kronstadt qui gronde
Vous connaissez tous le chemin !

ODE IV.

Alliance de la France, de l'Angleterre et de l'Autriche.

Muse de ma patrie, ô toi, sublime France,
Féconde en grands héros, qui prends sous ta défense
    Les peuples et les rois,
Viens enlever mes sens dans un noble délire,
Et mêler les accords de ta superbe lyre
    Aux accents de ma voix !

Dans un vol téméraire, égarés dans l'espace,
D'autres iraient puiser aux sources du Parnasse
    Dans le sacré vallon ;
Pour moi je vais puiser au sein de ma patrie
Des sentiments de gloire, et sa muse chérie
    Est mon seul Apollon.

Que ne puis-je, élancé sur des ailes de flamme,
Pour exalter la France aller perdre mon âme
          Dans l'empire des morts,
Consulter les héros de ces royaumes sombres,
Et ravir comme Orphée aux immortelles ombres
          Leurs magiques transports !

Mais si ma faible voix reste toujours timide,
Pareille au bruit léger de la source limpide
          Qui se perd et n'est plus,
Si je n'imite point la grande voix de l'onde,
Je n'irai pas braver de l'Océan du monde
          Le flux et le reflux.

Un Colosse arborant l'étendard de la guerre
A fait enfuir la paix d'une paisible terre
          Qui tremblait sous ses pas ;
Et voulant assouvir une haine infernale,
Il a cru l'écraser par la force brutale
          De ses flots de soldats.

Mais le Dieu de justice irrité de ses crimes
Oppose à sa fureur trois empires sublimes,
          Trois anges radieux,
Qui, prenant leur essor et dégaînant leurs glaives,
Ont fait évanouir le vertige et les rêves
          De cet audacieux.

L'immortelle Albion, l'antique Germanie
Rassemblant leurs héros contre la tyrannie
      Ont fait lever des rois,
Et, liguant leurs efforts avec ceux de la France,
Forment contre le Czar une triple alliance
      Pour la première fois.

Si de la nuit des temps nous remontons les chaines,
Si nous osons franchir des nations humaines
      Les immenses jalons,
Nous ne verrons jamais cet accord unanime,
Nous ne pourrons trouver cette union sublime
      De tant de bataillons.

La phalange du Czar de carnage repue,
Devant eux vers le Nord en désordre reflue
      Ses flots de conquérants :
Tel parfois l'Océan soulevé par l'orage
Remonte jusqu'aux cieux et jette sur la plage
      De furieux torrents.

Quant à vous, alliés désireux de conquêtes,
Qui volez à la mort comme on vole à des fêtes,
      Couronnés de lauriers,
Allez de l'Autocrate abaisser l'arrogance,
Montrez à ce tyran envieux de Bysance
      Que vous êtes guerriers!

LA

CAMPAGNE DE LA CRIMÉE, EN 1854.

POÉSIE.

—

A SA MAJESTÉ NAPOLÉON III,

Empereur des Français.

Modèle des grands rois, enfant chéri de Mars,
    Protecteur du faible et du sage,
Prince, qui fais fleurir la gloire et les beaux-arts,
    Daigne recevoir mon hommage :
Sur le sort de tes fils, de tes vaillants soldats
    Je veux dissiper tes alarmes,
Et permets qu'un enfant te chante leurs faits d'armes
    Et leurs mémorables combats.

Ne crois point que, pareils aux chantres de l'Attique,
J'entonne les accords du clairon héroïque,
Et que, guidant mon vol dans l'espace des airs,
Ma faible voix de l'ode emprunte les concerts.

L'onde d'une source timide
Qui naît au sommet d'un côteau
Et qui sur la pente rapide
S'enfuit en vagabond ruisseau ,
Laisse errer son pas , et légère
Elle avance dans sa carrière
Qui ne reçut aucune loi ,
Et puis mêle à la mer son onde ;
Telle ma rime vagabonde
Murmure et va se perdre en toi.

Ma rime encor doit errer incertaine
Libre dans son essor ,
Pareille aux fleurs de l'air, ces beaux papillons d'or,
Pareille à la vapeur que l'on distingue à peine ,
Pareille aux crins soyeux de deux coursiers amants
Qui disputent entre eux une jeune cavale ,
Et qui pour apaiser leur passion brutale
Hennissent le front haut et les naseaux fumants.

Lorsque à tes pieds tu vis les enfants de Bysance
Contre un lâche tyran implorer ta défense ,
Ces ordres émanés de la bouche de Dieu
Glissèrent jusqu'à toi comme un rayon de feu :
« Mon fils , défends le faible , attaque l'injustice ;
» Je promets qu'à tes vœux propice ,
» Du Czar j'abaisserai le front trop orgueilleux
» Et porterai ton nom jusqu'au plus haut des cieux. »
Il dit , et tes enfants invoquant la victoire
Et brûlant d'imiter les héros de l'histoire ,

Coururent se ranger dans ces pays du Nord
Où tous devaient trouver ou la gloire ou la mort.

Tel du haut d'une montagne
Un torrent dévastateur
Déborde dans la campagne
Pour y porter la terreur :
Les colons et les bergères
Abandonnent leurs chaumières
Devant les flots indomptés ;
Tel London, telle Lutèce
Refoule, rompt, brise et presse
Les Scythes épouvantés.

Jointe au vieux continent seulement par un isthme,
Une terre à la fois séjour du vandalisme
Et la terreur de l'univers,
Portait Sébastopol, le roi puissant des mers.
Un immense rempart, majestueuse armure,
Trois fois autour de lui repliait sa ceinture ;
Son port était couvert d'innombrables vaisseaux
Qui pillaient le plus faible et dominaient les flots.
Le vaillant Saint-Arnaud veut qu'on porte la flamme
Dans ces murs odieux, dans cette ville infâme :
Le signal est donné,
Et la flotte s'élance
Sur l'Océan immense
De son poids étonné ;
Au loin le canon tonne,
Ici le clairon sonne

Et le tambour résonne
Au port abandonné.
Le Turc à notre poudre,
A nos salves d'adieu
Répond, lance la foudre
Et son écho de feu.
Les voiles sont poussées
Par de légers zéphirs,
Les peines sont chassées
Par de bruyants plaisirs.
Nos phalanges joyeuses
De la gloire envieuses
Désirent les combats,
Et bientôt notre armée
Inonde la Crimée
De ses flots de soldats.

La renommée apprend au gouverneur tartare
Que tes fils descendus dans le pays barbare
Vont à Sébastopol anéantir le fort,
Et chercher sous ses murs la vengeance ou la mort.
A ce bruit poussé par la rage,
Mentschikof respirant le meurtre, le carnage,
Et la fureur dans ses yeux,
Jette un regard de haine, un défi vers les cieux,
Et traînant après lui les foudres de la guerre,
Il invoque l'enfer et fait trembler la terre.

Dans une vaste plaine, un sommet rocailleux
Elève ses pics sourcilleux;

L'Alma toujours grossi par des nymphes fécondes
Qui l'alimentent de leurs ondes,
Baigne le pied du mont avec son flot d'argent,
Et va promener lentement
Son cours majestueux dans des plaines fertiles
Et dans les quais étroits des villes.
Sur ces sommets, séjour de l'ange des combats,
Les Russes ont conduit leurs barbares soldats;
Un triple rang de feux couronne la montagne,
Et la rage barbare et l'horreur sa compagne
Conduisent leurs sillons
Contre nos alliés et nos fiers bataillons.
Nos sublimes héros commencent la bataille;
Les ennemis sur nous font pleuvoir la mitraille,
Et nos soldats poudreux, nouveaux enfants de Mars,
Poussent les étendards contre les étendards.

Ainsi dans les airs le nuage
Fait entendre ses grondements;
Ainsi sur nos têtes l'orage
Pousse les vents contre les vents;
Ainsi l'Océan en furie
Soulevé par l'autan qui crie
Roule ses flots contre ses flots;
Ainsi le tonnerre aux cieux gronde,
Ainsi l'on entend rouler l'onde
Qui tombe en humides cristaux.

Le maréchal monté sur son coursier de guerre
Accourt dans tous les rangs, vole de tous côtés,

Exalte notre ardeur et lance son tonnerre
     Sur les Russes épouvantés.
Plus loin Raglan conduit ses soldats impassibles
Qui, trois fois abattus par les globes roulants,
Trois fois en vrais lions se relèvent terribles
Et marchent à travers les obus foudroyants.
Napoléon, Bosquet, nobles fils de la France,
Au milieu du péril font bondir leurs coursiers,
Mais partout ces héros trouvent une défense
Digne d'une autre cause et de meilleurs guerriers ;
Canrobert et Thomas vers la cime brûlante
Vainement plusieurs fois poussent leurs étendards,
     Toujours l'hydre renaissante
     Reparaît de toutes parts.

     La bombe répond à la bombe,
     La foudre au loin sillonne l'air,
     L'obus part, vole, éclate, tombe,
     Le fer se croise avec le fer ;
     Les voix des bronzes se confondent ;
     Sur le penchant des pics qui grondent
     S'écoulent des fleuves sanglants
     Dont les flots repoussent nos braves :
     Tel un volcan roule ses laves
     Qu'avec effort lancent ses flancs.

     Les soldats de la Reine
     Foudroyés par l'haleine
     Qu'exhalent les volcans,
     Sur la terre sanglante

Taisent leur voix fumante,
La terreur des Titans....
Mais nos hardis zouaves
Repoussent le danger,
Et ces chasseurs si braves
Volent sans s'effrayer
Vers l'Alma qu'ils franchissent;
Et les forts qui vomissent
Des globes jusqu'aux cieux,
Pris par la faible troupe
Qui devant eux se groupe,
Ont cessé tous leurs feux !

. . . .

Mais, Grand Prince, à quel prix dois-tu cette victoire!...
Le brave Saint-Arnaud !... et tant d'autres, hélas !...
...N'attristons point ton cœur et couvrons de la gloire
Ce sang si précieux qui coule sous nos pas...
Avide de combats notre aigle triomphante
Porte encore plus loin le deuil et l'épouvante,
Et les nouveaux hauts faits de la Balaclava
Font trembler le tyran des bords de la Néwa.
Sébastopol lui-même a vu trembler son faîte :
La Vengeance montrant son glaive dans les airs
Présage à la cité sa suprême défaite,
Et l'Espérance a fui dans les cieux entr'ouverts.
La mort, la sombre horreur, amante des ruines,
Dans la reine des mers ont fixé leur séjour,
Et poussent les soldats aux luttes intestines

Qui de leur liberté doivent hâter le jour.
La cité retentit de ses tocsins funèbres,
Et bientôt, à travers de profondes ténèbres,
On voit passer aux cieux de livides éclairs
Qui font trembler les forts sur l'abime des mers.
En vain le gouverneur bouillonnant de courage
Allume dans les cœurs son infernale rage :
Sa voix n'a plus d'écho parmi les escadrons,
Et la sombre terreur fait plisser tous les fronts.
Bientôt dans la cité la faim pâle et cruelle
Vient de la garnison accroître le malheur ;
La peste vengeresse apparait avec elle ,
Et l'on voit sur les forts , on voit avec horreur
Le Sarmate maudir sa patrie expirante ,
Se trainer et mourir sur les remparts croulants.
Plus loin , sillonnant l'air d'immenses feux roulants,
Dévorent les palais de leur flamme ondoyante
Qui fait monter aux cieux ses mille dards brûlants.

C'est en vain que Michel et Nicolas son frère ,
Rassemblant de nouveaux soldats ,
Ont voulu prolonger la lutte meurtrière
Et nous faire céder le pas.
En vain pendant trois fois leurs soldats innombrables
Fondant sur nous comme un torrent ,
Trois fois veulent briser nos héros redoutables
Au milieu d'un flot conquérant.

Semblables au rocher qui se rit de l'orage ,
Le brave Canrobert, l'intrépide Bosquet

De ces guerriers du Nord font un nouveau carnage,
Ajoutent à leur gloire un sublime haut fait,
Et ces grands descendants des fils des Pyramides
Voient tomber devant eux Selvane, Soltikoff,
Du plus vil des tyrans adulateurs cupides,
Et le lâche Schilder, Meyer et Korniloff.

Mais le cruel hiver et les noires tempêtes
S'arment avec le Czar contre nos bataillons :
Soldats, pour un instant suspendez vos conquétes
Et n'allez point braver les nombreux aquilons.
La nature, le ciel et l'onde menaçante
Excités par l'enfer déchaînent leur courroux ;
La mer a soulevé sa vague mugissante,
Et tout, nobles héros, tout s'arme contre vous.
Allez, grands alliés, vers l'antique Bysance ;
Allez tromper l'espoir de nombreux ennemis
Qui pensaient écraser sous leur colonne immense
Vos rangs si glorieux par la mort affaiblis :
Et lorsque le canon viendra se faire entendre,
Lorsque viendra le temps de venger tous vos droits,
Vous trouverez ma muse aux rives du Scamandre
Pour chanter votre Prince et vos nouveaux exploits.

FIN.

Carcassonne, Impr. de P. Labau.

www.ingramcontent.com/pod-product-compliance
Ingram Content Group UK Ltd.
Pitfield, Milton Keynes, MK11 3LW, UK
UKHW021637130726
13696UKWH00005B/2249